童話旅人團

美女與宅男

6

一樹 著　　雅仁 繪

目錄

旅人們，出發！

翰修

聰明機智、沉默寡言，常常冷着一張臉，為了找回失蹤的妹妹歌麗德而展開旅程。

小紅帽

頭腦簡單的開朗少女，旅人團裏的打鬥擔當。伙拍傑黑旅行，尋找醫治人狼症的方法。

傑黑

擁有大量不同技能的證書，待人溫文親切，患有人狼症，一打噴嚏就會變成可怕的人狼。

1. 孤獨大宅

森林裏有座大宅，**孤零零**的，感覺相當孤獨。

翰修、傑黑、小紅帽各自做了一番偽裝，潛伏在屋外。傑黑渾身披滿**樹枝**，小紅帽身上則掛滿了**花**。

兩人瞧瞧翰修，看來什麼打扮都沒有。

「我們不是說好要做**偽裝**嗎？」他們說。

「我有呀。」翰修指着他的頭，有塊 🍃小樹葉。

「……」

這是「野獸」的家。旅人團打聽到，翰修的妹妹歌麗德被鎖了在屋內，可是他們想不到辦法救她出來。

野獸是個收藏家，喜歡收集有趣而古怪的東西。早前歌麗德被人用魔法變成了**古董**，被野獸當作 貨品 收購了。不知情的他還把古董收藏在某個房間裏。

而翰修已經破解了那個施展在歌麗德身上的魔法，歌麗德理應回復了 人形。只是觀察了幾天，完全沒有看到她。

「有聲音。」小紅帽說，耳朵動了一下，「有人在唱歌。」

「貝兒，你是世上最**不幸**的少女。為父親贖罪，捨我其誰？……」一個約十八九歲的女孩騎着白馬通過森林，一路高歌。

她叫貝兒，父親是個商人。雖然他整天到處跑，尋找商機，但一點錢也賺不到。

昨晚貝兒的父親跟野獸借宿一晚，因為一時**貪念**，偷了野獸的東西。野獸在發現這件事後怒不可遏，逼他讓女兒去他的家當工人，作為**賠罪**。

「你不照我的話去做，我就給你好看！」野獸恐嚇他，然後安排一匹白馬，送他回家。

儘管貝兒內心一千個**不願意**，但父親的確有錯，無可抵賴。她只有照野獸所說，前往他的家。

1. 孤獨大宅

貝兒騎在馬上，抬頭望天，用歌聲♪道出她的故事。

「她在對誰說話？」小紅帽說。

「為什麼要唱歌？」傑黑說。

「我們可以利用這個人，進入 野獸的家 。」翰修說。

傑黑、小紅帽點點頭。

「讓我把她攔下來，跟她說話。我有**馬術證書**，一下就可以讓這匹馬停下來。」傑黑說，舉起一隻手，「停──」

但白馬沒有理會他，快速跑過，令他像 🌀 🐚 般打轉。

幸好還有小紅帽。她勇敢的跳到白馬的面前，大喊道：「給我站住！」

白馬不得不急停下來。

「你們有沒有 腦袋 ？差點就受到傷害！」貝兒歌唱道。

「我們聽得出你有煩惱，希望幫助你。」三人說。

2. 野獸是宅男

翰修向貝兒表示，他們覺得她很 可憐 ，希望伸出援手保護她。

「我們可以裝成你的隨從，陪你進屋。」

貝兒不疑有他，連忙感謝他們：「你們真是 好人 ！」

「這個人好 天真 呢。」傑黑、小紅帽想。

慎重起見，翰修、傑黑、小紅帽分成兩組行

動。傑黑、小紅帽負責**假冒**貝兒的隨從，隨她進去大宅；翰修則躲在外面，在有需要時支援她們。

分工之後，傑黑、小紅帽跟貝兒牽着白馬，走到大宅門前。

貝兒感到**忐忑不安**。有謠言説野獸不是人，是怪物，他可能會捉她來吃……

胡思亂想之際，多支**煙花**射到天上，爆破開來，歡迎着貝兒。

「這是野獸安排的吧。」傑黑説。

「好**隆重**呢。」小紅帽説，推開大門。

大門一推就打開。三人通過門口，進入前廳。

那裏擺放了許多有趣的擺設，像看來是椅子

的雕像、看來是人像的椅子等等。

「不愧是**收藏家**的家。」傑黑說。

前廳一個人也沒有，貝兒左看看右看看，走到通往客廳的門口。

門旁掛了一塊**木牌**，刻了「房子守則」——

一 訪客（包括屋主）須遵守以下規則：
一／ 不可奔跑。
二／ 不可隨便開啟窗子、房門。
三／ 不可隨便接觸其他訪客。
四／ 可以任意享用屋內食物。
五／ 屋內物品、設備可以任意使用、控制。
六／ 必須愛惜屋內用品、設備。
七／ 不可隨便離開房子。

傑黑、小紅帽站在貝兒身後，閱讀這些規條。

「好**囉嗦**，我才不會管這些規則。」小紅帽說。

但這塊規則牌不是單純的 告示 。

這所大宅其實施了魔法，一旦進入屋內，就要遵守這七條規則。只是當時沒有人知道這件事。

「野獸先生，你好，貝兒小姐來了！」傑黑一面高呼，一面了解**大宅的構造**。

「歌麗德會被關在哪裏？」他心裏道。

叫了一會，聽到一下又一下沉重的**腳步聲**接近前廳。對方應該就是野獸。

傑黑、小紅帽、貝兒不禁屏住呼吸。

「你好，貝兒小姐，我是野獸。」不久野獸走進前廳。

三人抽了一口氣。

野獸像傳聞所言，是一頭**怪物**，只是感覺跟想像的有點不同：他的身材高大，渾身長滿了毛，外形粗獷，猛一看相當嚇人。不過他的衣著**土氣**，戴着笨重的眼鏡，氣質有很大落差。

「他根本是宅男嘛。」小紅帽衝口而出道。

沒錯，昨晚野獸只是虛張聲勢，他其實是不愛出門的**宅男**！

「不要碰我的東西！」野獸緊張道，把小紅帽靠近的一個**大便**形狀的擺設挪開。

「誰要碰你的『大便』！」小紅帽對他做鬼

臉，「這麼寶貝你的收藏的話，就把東西收好！」

「我把東西拿出來，不代表你可以亂碰。」野獸用臉摩擦着「大便」，「最**珍貴**的收藏，我自然收了在房間裏。」

傑黑、小紅帽第一時間想到歌麗德。

「你們是什麼人？為什麼會跟貝兒小姐一起過來？」野獸問他們。

「我們是貝兒的**隨從**，小紅帽和傑黑。」小紅帽說。

「你家不是有經濟困難嗎？怎麼還能請隨從？」野獸問貝兒。

「對⋯⋯為什麼呢？⋯⋯」貝兒不懂應對，**支支吾吾**。

「我們是盡忠職守的隨從，才不會在主人有困難時離職。」傑黑搬出似是而非的解釋。

幸好野獸沒有懷疑。

「你還沒有吃早餐吧，貝兒小姐？一起去飯廳用膳好嗎？」

「好呀。」貝兒偷偷**拭汗**。

四人穿過客廳，再走到飯廳。野獸嘗試打開**話匣子**，但想來想去都想不到談什麼。

「今、今天天氣很不錯呢。」最終只想到這句話。

「對……」貝兒尷尬道。

飯廳的面積不小，擺了一張很長的餐桌。平日野獸獨自在這樣的地方用餐，大概會很**寂寞**。

桌子已放了早餐，野獸**拍一拍手**，開口道：「多上兩份餐具！」

一說完，碟子、湯匙等餐具從廚房**飛**進飯廳，降落在桌子上！

「怎麼會這樣？」傑黑、小紅帽、貝兒不禁一呆。

「這是**魔法**！」野獸起勁地道。因為這是他熟悉的話題，他的話開始多起來。「剛進來的時候，你們有看到房子守則吧？」

他從懷裏取出一塊**羊皮紙**，上面寫了那七條規則。

「我盡量用最簡潔的方式説明。」他指着紙上的規則，「這座房子給人施了魔法，由這七條規則主宰。我們能做什麼、不能做什麼，受到這些規條**控制**。舉個例，第一條規則説『不可奔跑』，所以在這裏跑動不了。」

「不會吧？」小紅帽不太相信，嘗試奔跑。但就像野獸説的那樣，不管她怎樣**使勁**，也跑不起來，只能急步走。

「又例如，第三條規則説『不可隨便接觸其他訪客』，所以我們碰不到彼此。」野獸説。

傑黑嘗試觸摸小紅帽，果然碰不到她。他們之間有股**力量**，隔開對方。

「第五條規則説『屋內用品、設備可以任意使用、控制』，所以我們可以**吩咐**屋裏的物件做事。」野獸説，向眾人示範，「椅子，讓我坐下。」他對放在主人位的餐椅説，椅子真的移開來。

「湯匙，**飛**到我的手上。」貝兒對桌上一隻湯匙説，它果真如言飛到她的手上，「太神奇了。」

野獸收起規則紙。

「這座**魔法房子**住起來非常方便，我相信你會喜歡。」他對貝兒説。當初他會購買這座房子，就是看上這一點。

眼前發生的一切超乎想像，令貝兒有**做夢**的感覺。

但傑黑隱隱覺得，房子守則會給他們帶來**麻煩**……

2. 野獸是宅男

「大家吃●早餐吧。」野獸說完，便坐下來吃東西，完全不管其他人。

「他懂不懂禮貌啊，不等我們上座就開動。」小紅帽說，也吃起東西來。

「你也不相伯仲好嗎？」傑黑說，跟貝兒一同坐下來。

野獸為貝兒準備了炒蛋、香腸、煙肉、烤麵包，非常豐盛。

「盡量吃吧。」野獸對她說。

一開始貝兒認為野獸是壞人，但看到他那麼熱情的款待自己，又為自己準備了早餐，有點改觀了。

「他可能不太會和人相處，但似乎不是壞

人。」貝兒想。

餐桌上，小紅帽跟叉子玩**拔河遊戲**，爭奪香腸。

「你超無聊的。」傑黑説。

看着一桌美食，傑黑忽然發現一個 **矛盾** 之處。

「野獸先生，既然房子裏的物件能夠自己動起來，那就不用找人做飯、打掃了，為什麼你還要找**工人**呢？」傑黑問。

「你説得不錯，我的確不需要工人。」野獸略略低頭。眼鏡因為角度的關係**反光**，看不到眼睛。「貝兒小姐，對不起，我對你的爸爸撒了謊。我要找的不是工人，而是⋯⋯」

「而是什麼？」小紅帽説。

「妻子。」野獸説，望向貝兒，「從今以後你就是我的妻子！你已經困在這裏，哪裏也逃不了！」

3. 房子守則主宰一切

　　貝兒一度以為野獸是好人，但看來弄錯了。

他竟然 說謊 ，騙她來當他的妻子。

　　野獸謊話被拆穿，乾脆 動粗 。

　　「把貝兒小姐、傑黑、小紅帽抓住！」他對三

人坐着的椅子說。它們立刻 變形 ，手把像手臂

那樣捉緊他們。

　　房子守則五：屋內物品、設備可以任意使

用、控制。

「放開我們，改為 **攻擊 野獸**！」傑黑想了一下，對三張椅子說。

野獸利用了守則來對付他們，但倒過來他們也可以有樣學樣，作出**反擊**！

三張椅子丟下傑黑、小紅帽、貝兒，向野獸撲過去。

但，撲到一半，它們恢復了原狀，**橫七豎八**的倒下來。

「為什麼？」傑黑疑惑道。

原來，野獸**偷偷**做了一件事，令三張椅子停止攻擊。他並沒有公開屋子的所有秘密，握有傑黑、小紅帽、貝兒不知道的武器。

接着野獸親自出手，把三人抓住。

「我不怕你，你不過是**宅男**罷了！」小紅帽反抗他。

只是野獸**孔武有力**，最終制服了他們，並用繩子把三人綑起來。

「誰說宅男一定手無縛雞之力。」野獸説。

「我只是太**輕敵**，才會敗給你！」小紅帽不服氣道。

根據房子守則，野獸應該不能碰他們，但卻不知道為何他現在可以抓住三人。

「野獸有辦法讓守則**暫時失效**。」傑黑心裏估計。

其後野獸把三人押上二樓，丟進一個房間裏**監禁**。

「我也不想關住你，貝兒小姐。只要你乖乖聽話，做我的妻子，我就會放你出來。你想想吧。」野獸隔着房門説，轉身離去。

傑黑、小紅帽、貝兒被關在一個以國際象棋為主題的房間，牀鋪是**棋盤**的圖案，桌子、椅子分別是國王棋子和皇后棋子。

野獸是**超級棋迷**，幾乎整天待在房間下

棋，像國際象棋、中國象棋、鬥獸棋等，有時可以為了下棋，連飯也不吃。（因為魔法的關係，棋子自己能跟他對局。）

「我不服輸，野獸，我要再跟你**決戰**！」小紅帽猛力扭動門把，但怎樣也扭不動。

傑黑試着推開**窗子田**，也是推不動。

房子守則二——不可隨便開啟窗子、房門。

「守則又發揮作用了。」傑黑心裏道。

小紅帽把心一橫，自背後抽出一柄 **大鐵錘**，把門打破。

可是錘子打不下去。

房子守則六——必須愛惜屋內用品、設備。他們**無法破壞**屋子裏的東西。

看來不管用什麼方法，都逃走不了。

28

「我們只能被關在這裏嗎？」傑黑一邊說，一邊想像他們被關到變成白骨的模樣。

「對不起，連累你們也被關。」貝兒楚楚可憐道，跪坐地上。晨光跟舞台燈光一樣，照射着她。

「你會不會有點太**戲劇化**？」傑黑說。

「上天還配合她呢。」小紅帽說。

「眼下無計可施，我只有做野獸的妻子。」接着貝兒唱起歌來，「我不想嫁他，但誰能明**少女心事**？」

傑黑、小紅帽冒汗。

「這種時候唱什麼歌？」

小紅帽走近貝兒。

「你太**天真**了，就算你答應跟野獸結婚，也不見得他會放我們出去。」

「那怎麼辦？」貝兒用楚楚可憐的**眼神**望望小紅帽和傑黑。

「現在只有指望翰修來救我們了。」傑黑答道，「只是有房子守則這種東西在，他未必有辦

法。」

「房子守則確實很**麻煩**。」翰修說。

「對。」傑黑點一點頭,「我再思考一下,或者會想到法子逃走。」

「隨便。」翰修說。

「你怎樣跑進來的?」傑黑、小紅帽、貝兒嚇到**彈起來**,差點沒撞到天花板。

「用腳呀。」翰修若無其事地說。

「一點也不好笑。」傑黑說。

「我一直在外面監視你們的一舉一動。」翰修回答他們的問題,並向他們展示一副**望遠鏡**,「這讓我發現野獸沒有告訴你們,跟房子守則有關的**秘密**。」

因為這個緣故,翰修能夠做到不可能的事,

溜進房間。

「吃掉士兵，主教！」野獸對他的棋子説。

他正在睡房下**國際象棋**，他拿的是白子。

白色的主教如言揮動手杖，把黑色的士兵擊倒。

但，士兵倒下後，看到它的援兵——黑色皇后。皇后伸手放出**寒冰**，把白色的主教冰封起來。

「不錯嘛。」野獸説。

雙方鬥得**難分難解**。

市面有不同的國際象棋，這個版本名為《浪漫傳説》。《浪漫傳説》的角色造型威風有型，還能選擇使用**魔法**解決對手。

在野獸沉迷下棋的同時，翰修溜進了傑黑、

小紅帽、貝兒的房間。

「我在監視大宅時，看到了一件事。」翰修

解釋他為什麼能進來，取出原本掛在客廳門邊的規

則牌，「規則牌或規則紙上的字是可以調動的。」

　　翰修抓着望遠鏡，從遠處觀察大宅。

　　只見三張椅子丟下傑黑、小紅帽、貝兒，向野獸撲過去。野獸立刻把頭抱起來，背對它們，保護自己。

　　野獸暗暗拿出收了起來的規則紙，指頭按住「屋內用品、設備可以任意使用」中的「可以」，與「不可隨便接觸其他訪客」的「不可」對調。兩句句子就變成「屋內用品、設備不可任意使用」、「可以隨便接觸其他訪客」。

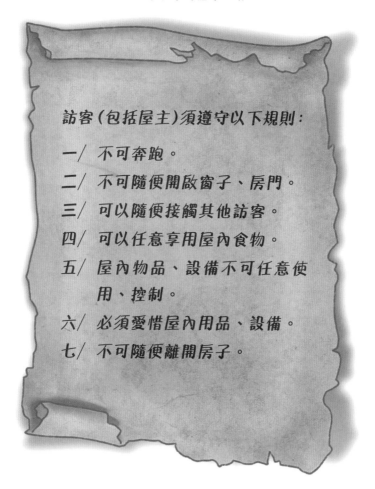

訪客(包括屋主)須遵守以下規則:

一／ 不可奔跑。

二／ 不可隨便開啟窗子、房門。

三／ 可以隨便接觸其他訪客。

四／ 可以任意享用屋內食物。

五／ 屋內物品、設備不可任意使
　　　用、控制。

六／ 必須愛惜屋內用品、設備。

七／ 不可隨便離開房子。

規則牌的內容也同步更新。

三張椅子隨即恢復原狀,橫七豎八的倒下來。

「難怪那時那些椅子不動了，然後野獸又可以接觸我們。」傑黑說。

規則牌、規則紙上的字是可以⓪調動⓪的，藉此創造新的規則。翰修以實際的例子說明。

他舉起 規則牌 ，伸指按住「不可奔跑」的「不可」，跟「可以任意享用屋內食物」的「可以」交換，形成「**可以**奔跑」、「**不可**任意享用屋內食物」。

「你試一試跑步。」翰修對

規則牌上文字：
訪客（包括屋主）須遵守以下規則：
可以奔跑。
不可隨便開啟窗子、房門。
不可隨便接觸其他訪客。
可任意享用屋內食物。
五／ 屋內物品、設備可以任意使用、控制。
六／ 必須愛惜屋內用品、設備。
七／ 不可隨便離開房子。

小紅帽說。

小紅帽照他所說跑起來，一點問題也沒有。

「你試一試吃這個。」翰修事先在廚房拿了一塊麵包，遞給傑黑。

他把麵包塞進嘴巴，可是無論如何也塞不進去。

「這裏由規則牌、規則紙上的規則**主宰**。可是其中的字眼可以轉換位置，創造新的內容。」翰修總結道，「我就是發現了這個漏洞，才進入到房子。」

翰修輕輕推開大宅大門，因為他在屋外，所以不用遵守房子守則。隨後他偷偷拿下規則牌，把「不可隨便開啟窗子、房門」的「不可」和「可以任

意享用屋內食物」的「可以」調換，變成「可以隨便開啟窗子、房門」、「不可任意享用屋內食物」。

　　這讓他能夠開啟屋內的房門。事後他再神不知鬼不覺的把兩句句子還原。

　　「那我們就可以離開了！」傑黑說。

　　不但如此，他們還能自由地搜索大宅，把歌麗德找出來。

　　看看貝兒，卻一臉苦惱。

　　「你在想野獸逼婚的事吧？你擔心即使離開了房間，也無法逃離他的魔掌？」翰修看穿她的心事，坦誠相向，「我的妹妹跟你差不多，也被關了在這裏。我向你承諾，等找到她以後，我會想法子解決你的問題，讓你回家。」

38

「翰修承諾了的事，一定會做到，你可以放心。」小紅帽對她**單眼**。

「謝謝你們。」貝兒回復笑容，「那我也出一分力，幫你們找人。」

「野獸現在正在下棋，趁這個機會*行動*吧。」翰修説，並改變房子守則。

四人打開房門，合力搜索歌麗德。

各種**千奇百怪**、難以想像的事物，正在這所大宅等着他們⋯⋯

4. 趣怪事物大集合

大宅共有四層，地下是客廳、飯廳之類的空間，所以翰修、傑黑、小紅帽和貝兒從二樓開始**搜索**。

房子守則目前是這樣：

訪客（包括屋主）須遵守以下規則：

一／ 不可奔跑。

二／ 可以隨便開啟窗子、房門。

三／ 不可隨便接觸其他訪客。

四／ 不可任意享用屋內食物。

五／ 屋內物品、設備可以任意使用、控
　　制。

六／ 必須愛惜屋內用品、設備。

七／ 不可隨便離開房子。

踏入第一個房間，一開門就看見一個穿着**長裙**的女生，撐着傘子，背對他們。

「歌麗德？」翰修顫聲道。

難道他們這麼幸運，一開始就找到歌麗德嗎？

「不對，這不是人。」傑黑說。

細心一看，長裙只是凌空 **飄** 起來，根本沒有人穿上它！

接着，坐在椅子上的 **西裝** 套裝站起來，對他們鞠躬行禮！

這個房間竟然住着擁有 生命 的裙子和西裝套裝！

兩套衣服非常 **好客**，請四人喝茶。裙子更讓他們坐下，替所有人倒茶。

西裝套裝用袖子指了指茶杯，

示意「喝吧」，然後喝一口茶。不過它沒有嘴巴，

實際上只是把茶倒在衣領上，弄濕一大片。

　　整個氣氛古怪透頂。

　　「我們有事要做，沒有時間喝茶，先走了。」

傑黑說完，與翰修、小紅帽、貝兒匆匆離開。

　　「真古怪。」小紅帽說。

　　「真可愛。」貝兒說。

　　翰修、傑黑、小紅帽

望着她。

　　「怎麼了？那些衣

服能夠活動，不是很可

愛嗎？」

　　貝兒的思維真是

與眾不同呢⋯⋯

之後他們進入另一個房間。內裏站了四五個人，**靜止不動**。

「這些東西也不是人。」翰修説。

他們看到的其實是**蘑菇**，扎根在地板上。這種蘑菇具有擬態的能力，即是能長成其他生物的模樣，名為「**變形蘑菇**」。

四朵蘑菇在他們進來後才長出來，外形和他們相似，不過是**小童**的狀態。

「好嘔心。」小紅帽説。

「對。不過同時很有研究價值。」傑黑説。

「好可愛。」貝兒説。

「搞不好你和野獸才是 天生一對 。」傑黑説。

環顧房間一周，歌麗德明顯不在這裏，於是四人離開房間。

與此同時，野獸正 埋頭埋腦 的跟黑色國王決一勝負。

第三個房間拉上了窗簾，環境 幽暗 。

「這樣根本看不清楚啦！」傑黑説，隨後與小紅帽、貝兒拉開 窗簾 。

陽光因此穿透窗子，照進室內。

房間中心放了一個 盆栽 🪴，不知是什麼植物，但比人還要高。

「陽光令它看來比較有 生氣 呢。」小紅帽説。

「對……等、等一下，它有生氣到起來了！」傑黑驚叫道。

這不是一般的植物，而是有移動能力的！只見它像傘蜥蜴那樣，張開巨大的花瓣，並劃動從盆子溢出來的根部，朝他們爬去！

傑黑、小紅帽、貝兒馬上拔腿逃走。翰修卻沒有反應。

「你怎麼不逃跑？」傑黑眼珠差點沒蹦出來。

「因為沒有必要呀。」翰修說。

才說完，食人花爬到他的跟前，想用花瓣套住他——

但中途停了下來。

「對了，房子守則說『不可隨便接觸其他訪客』！」傑黑捶捶手心。因此食人花不能動他們

46

一根**汗毛**。（倒過來他們也不能碰它。「訪客」泛指所有生物，不單是說人。）

小紅帽得知沒有危險後，猛對食人花**扮鬼臉**。

但她安心得太早了。

沒錯，食人花確實不能傷害他們，但守則沒有規定它不能跑出房間。

食人花發現不能吃翰修後望望門口，竟然**衝**出房間！

「麻煩了！」傑黑說。

這下子食人花可能會引起**騷動**，吸引野獸的注意！

食人花趁着眾人**鬆懈**，逃出房間。

幸好房子守則列明「必須愛惜屋內用品、設備」，它才沒有法子大搞破壞，製造噪音。

翰修、傑黑、小紅帽、貝兒焦急的追趕食人花。然而他們不能奔跑，只有像參加競步比賽般快步走，場面有點滑稽。

　　翰修再次改變房子守則，把「可以隨便開啟窗子、房門」的「可以」跟「不可隨便接觸其他訪客」的「不可」**調轉**。

　　假若不這樣改動規例的話，他們就不能捕捉食人花，但缺點是他們有受到**襲擊**的風險。

　　食人花從走廊轉入樓梯，逃到地下。它領先了眾人一段**距離**，在不能跑步的情況下，根本不可能追上它。

「我是不會讓你逃掉的！」小紅帽說，一下跳到樓梯的**扶手**上，急速地滑到地下。落地時剛好飛到食人花的頭上。她伸手一抓，和對方**扭成一團**，滾過客廳，直滾進廚房。

一人一花撞上牆壁，發出「**砰**」的一聲。

「剛剛因為我想不到植物居然也會動，所以嚇了一跳。」小紅帽爬起身，從背後拉出一個繩圈，「把你當做動物的話，就沒有什麼好怕了。跟我回房間吧！」她把**繩圈**套在食人花上。

食人花自然不會這麼輕易就範，把小紅帽撞開。

雙方展開激烈的**搏鬥**。

「我們要不要幫小紅帽？」在廚房外，傑黑問翰修。

50

「小紅帽可以搞定啦。我們進去反而礙事。」

「也對。」

「你們好沒用……」貝兒忍不住道。

小紅帽、食人花打到天翻地覆，期間撞到放香料罐的架子。不同種類的香料倒在地上，揚起不同顏色的粉末，害小紅帽不停的打噴嚏。

一些粉末飄出廚房，令傑黑鼻子也癢起來。

「不好了。」翰修説。

「什麼不好了？」貝兒問。

翰修退後幾步。

「傑黑患了人狼症，會在打噴嚏後變人狼。」

「吓？」貝兒説。

「哈啾！ 」

話剛説完，傑黑打了個大噴嚏，瞬間蜕變成兇猛的人狼！

真是禍不單行，傑黑偏偏在這個時候變成人狼，令情況**亂上加亂**！

「貝兒，你去對付傑黑，我在後面支援你。」翰修掉頭走開。

「你這是逃走吧！」溫柔的貝兒也不禁**冒火**。

變了人狼的傑黑口吐白煙，向貝兒走去。她怕得走不動，雙腳只管**發抖**。

「我真是**苦命**。」她歌唱道，「年紀輕輕就送命。」貝兒恐懼之餘也不忘唱歌。

唱着唱着，奇妙的事情發生，傑黑竟然受到貝兒歌聲的感染，在她身邊**跳起舞**來。

「好超現實的情境。」翰修説。

跳到起勁之處，傑黑作勢發出**狼叫**。

「他會驚動到野獸！」翰修想掩住傑黑的嘴巴，但又不敢。

「**閉嘴！**」幸虧小紅帽及時趕過來，揮錘把他打暈。

她本來已抓住食人花，可是看到這裏的情況，不得不放手跑過來。

食人花掛着小紅帽的繩圈，從廚房裏爬出來。

「得快點抓住它，以免節外生枝。」翰修説，並想起最初看到它的情形，「有辦法！」

他對周圍的窗簾下令道：「所有窗簾給我拉上！」它們即時**自動**拉起來，四周一片黑暗。

食人花立刻失去力量，定住不動。翰修飛快的拿下一塊窗簾，把食人花蓋住，再讓窗簾重新拉開。

「搞定了。」翰修拍拍雙手，「食人花的能量來自陽光，有光才能動。」

因為他們拉開了窗簾，它才會動起來。只要令它不能接觸陽光，它就和一般植物沒兩樣！

幾個人把食人花抬回房間，之後叫廚房裏的物件自行返回原位。

好在有 **房子守則** 幫忙，不然不曉得要執拾到什麼時候。

「大家都累了，今天就到此為止吧。明天再去找歌麗德。」翰修對小紅帽、貝兒說，他本來就預計要分好幾天找妹妹，「這段時間要委屈你們，假裝給野獸關住。」

5. 久別重逢……

「貝兒小姐，你考慮得怎樣？」黃昏時，野獸走去貝兒的房間，隔着門問，「你願意做我的妻子嗎？」

「不行。」她**毫不猶豫**道。

野獸嘆一口氣，更改房子守則，扭開房門。

「晚飯做好了，你們出來吃飯吧。」他對貝兒、傑黑、小紅帽說。

翰修已經走了，而傑黑也變回了原形。

「不要搞什麼花樣，你們逃不掉的。」野獸說。

晚飯是煎魚、雜菜、馬鈴薯，看起來相當美味。野獸嘗試跟貝兒聊天，但她毫不理睬他。

「誰要跟你這種壞蛋聊天。」貝兒想。

「你很會準備食物嘛。」小紅帽讚賞野獸道，吃一口煎魚，「好吃！」

「你變得還真快，之前還嚷着要跟他決鬥。」傑黑說。

「我本身其實對吃不怎麼講究，平時只要填飽肚子就好。」野獸對貝兒說，「但為了讓你吃好吃的東西，我翻了很多烹飪書。」

貝兒眉毛一揚，想不到他會這麼用心。

「咦?」傑黑打斷他們,放下刀叉,豎起耳朵,「你們有沒有聽到一些**怪聲**?」

「嗯?嗯嗯嗯嗯!」小紅帽嘴巴塞滿食物,不曉得在説什麼。

傑黑沒有理會她,反倒更認真細聽怪聲的來源。

「好像是小雞的叫聲。」

「啊,是小灰在叫啦。」野獸説,把手插進衣服上的口袋,端出一隻被手帕包着的雛鳥。

「你的袋子怎麼會有小鳥？」傑黑吃驚道。

「牠不會是你的**餐點**吧？」小紅帽大嚷道。

「太殘忍了！」貝兒幾乎暈倒。

「我怎會把牠當作餐點？我又不是怪物！」野獸否認道。

「**你是呀！**」傑黑、小紅帽、貝兒說。

「對啊。」野獸打打自己的 腦袋 ，「雖然我是怪物，但事情不是你們想的那樣。」

野獸悄悄改動房子守則，讓大家能踏出大宅。

四人走到一棵樹下面。

「今早我發現小灰從樹上掉了下來，於是把牠救起來。」野獸說。因為雛鳥的毛色是 **灰色**，

60

於是他叫牠「小灰」。

樹上有個鳥巢，坐了幾隻雛鳥。鳥媽媽一隻隻的餵食。

「你應該把小鳥送回鳥巢。」傑黑說。

「我試過了。」野獸望着手上的小灰，「但牠的兄弟姊妹不歡迎牠，把牠擠開了。」

小灰的體型比正常雛鳥瘦弱，大概因此遭到**排斥**。

「既然牠的家人不要牠，那就由我來照顧牠。」野獸說。

貝兒望着野獸。

「他真的是**壞蛋**嗎？」她不由得再次思考這件事。

野獸把她關起來，逼她結婚，或許沒有太大惡意。他只是比較**任性**、不懂待人接物。

他希望有個伴侶，跟他一起生活，但用了錯誤的方法。

「野獸先生。」貝兒決定跟他談一談，「要是你想我接受你，那最起碼要給予我基本的**尊重**和自由。你不應該把我關在房間裏。」她希望得到**自由**，至少可以在大宅自由活動。

「你的意思是，只要我不關住你，你就願意做我的妻子？」野獸說。

「不。但如果你尊重我，我可以做你的**朋友**。」貝兒說。

野獸想了一下。

「好吧，那 白天 的時候你可以在屋子自由活動。」

貝兒說服了野獸給她自由，不再囚禁她。

傑黑、小紅帽看看彼此。

「能隨意走動的話，搜索 會比較方便。」他們想。

「謝謝你，野獸先生。」貝兒笑一笑。

「唔……」野獸臉頰泛紅。

之後兩天，野獸每天在貝兒起牀前替她開門，讓她在屋內活動。

在跟野獸**相處**了幾天後，貝兒更確定他不是壞人。他只是不太會聊天，比較**沉醉**於自己的興趣，除此以外並不壞。

甚至乎，貝兒發現他也有**可愛**的地方……

吃晚飯時，野獸把鋼琴、小提琴等樂器搬去飯廳，讓樂器為他們演奏。

「我留意到你有時會用唱歌代替說話，所以猜你喜歡音樂。」野獸向貝兒解釋道。

「謝謝你。」貝兒說。她的確喜歡音樂。

三天下來，翰修、傑黑、小紅帽、貝兒找了

全屋六七成房間,但一點收穫也沒有。完全沒看到歌麗德的**蹤影**。

他們大致掌握了野獸的作息時間,基本上他一天到晚都待在睡房,他的睡房有浴室、廁所,可以在房內洗澡、方便,所以他只有在**吃飯**時才走出來。

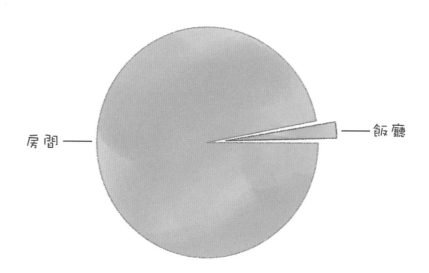

野獸一天的活動範圍

這不是很好的生活習慣，但對他們來說卻是**好事**，因為他們可以盡情地搜索房子。

第四天早上，翰修在野獸返回睡房後**潛入**屋子，取下規則牌。

之後跟傑黑、小紅帽、貝兒走上三樓，進行搜索。

這層樓只剩一個房間沒有探索，小紅帽把耳朵貼在房門上。

「我聽到有**蓬蓬聲**。」

不曉得裏面有什麼東西。

「大家小心。」翰修說，扭開房門——

貝兒掩住自己的**嘴巴**，差點沒叫出聲。

因為整個房間都是圖書，不過它們不是擺在書架上，而是像**雀鳥**那樣到處亂飛！

而小紅帽聽到的蓬蓬聲則是源自書本  它封面和封底的聲音。

房間只有藏書，沒有藏人。

「我們上四樓吧。」翰修失望道。

一本 綠皮書 在傑黑眼前飛過，他在看到書名後呆了一呆。

「怎麼了？」小紅帽問。

「我看到了一本書，可能跟 人狼症 有關！」傑黑說，並追着綠皮書走，「我要把它抓下來，研究一下。你們先上四樓，之後我會趕上你們的！」

早幾天傑黑因為變作人狼，差點害同伴出事，為此他感到內疚不已。

這個病為他帶來了很多困擾，他希望盡快找出治療方法，做回**正常人**。

「好的，那我們先上去。」翰修說。

小紅帽對傑黑舉起**拳頭**，表示加油，之後跟翰修、貝兒步出房間。

傑黑對綠皮書喊話：「你是逃不出我的掌心的。我可是有**圖書管理證書**呢！」

　　綠皮書懶得理他，飛到他碰不到的吊燈上，
停下來歇息。

　　「⋯⋯」傑黑什麼都做不了，只能眼睜睜的看
着吊燈上的綠皮書。

　　在這個情況，**馴鳥證書**似乎比較管用。

　　野獸下鬥獸棋下得累了，攤坐在椅上休息。
今天他的狀況不是太好，**輸棋**的多。

　　野獸伸伸懶腰，活動脖子。

「唔？」

他無意中看到規則紙，發現好像有些**問題**，便拿起來看清楚。

上面有兩條規則**改變**了，分別是「可以隨便開啟窗子、房門」和「不可任意享用屋內食物」。

「是我改了，然後沒有改回來嗎？」野獸誤以為是自己更改了規則。

那邊廂，翰修、小紅帽、貝兒進入四樓一個房間。

房裏放了個巨型保險箱，**空無一人**。

「好大的保險箱，人也可以裝進去呢。」小紅帽走過去。

保險箱門有個半身的**女神浮雕**，不管你在哪裏，它的眼睛都好像在**盯**着你……

「想我把門打開，就要逗我**發笑**。」女神浮雕忽然開腔。它原來是會動的，不是錯覺。

「好有趣的保險箱。」小紅帽躍躍欲試，「我想知道裏面裝了什麼呢。」

「不要浪費時間了，去別的房間吧。」翰修說。

「好吧……」小紅帽**扁扁嘴**。

尋找歌麗德畢竟比較重要呢。

但，在他們轉身之際，保險箱裏傳出一把**聲音**。

71

「誰？是不是有人？」

翰修大受震撼，跌了個跟蹌。他認得這把聲音。

「歌麗德！」他向保險箱高呼。

跟他們說話的，是歌麗德的聲音！

6. 與野獸約會

翰修站到保險箱的前面。

「你是誰？」歌麗德的聲音從保險箱傳出來。

「是我，你的哥哥翰修！」他答道，試圖開啟保險箱門，但開不了。

「歌麗德鎖了在裏面嗎？怎麼會這樣？」小紅帽説。

「想我把門打開，就要逗我發笑。」女神

73

浮雕再次説，彷彿在回應翰修的行為。

　　看情形，只有逗它發笑，才能把歌麗德救出來。

　　翰修馬上對浮雕女神説笑道：「一對情侶在家裏吵架，女生覺得很生氣，**奪門而出**。之後男生跑出去……把那道門**搶**回來。」

　　「哇哈哈哈，好好笑哦！」小紅帽盡力捧場道。

　　「你的演技太誇張了……」貝兒説。

「**不好笑** ⊙」女神浮雕完全不受影響，判定道。

歌麗德不曉得給保險箱鎖了多久，可能會沒有**空氣**，得盡快引女神浮雕笑出來。

翰修抱臂沉思。

「貝兒小姐，你在哪裏？」

煩惱之際，房外突然傳來野獸的**聲音**！

野獸一時興起，違反了作息習慣，走出了房間活動！

身在四樓的野獸叫喚貝兒：「貝兒小姐……」

「**糟糕！**」翰修說。

「只有跟野獸硬拚了！」小紅帽說。

「慢着，我想事情還有**挽救**的餘地。」貝兒舉起手，「讓我出去應付他，你們繼續想笑話。」

翰修、小紅帽互看一眼。

「那拜託你了。」他們說。

於是貝兒離開房間,為翰修、小紅帽爭取時間**救人**。

貝兒是一個堅強、勇敢的女孩,不然當初也不會敢來野獸的家了!

「你在找我嗎,野獸先生?」貝兒向站在**樓梯**口的野獸問道。

四樓的通道呈**回字形**,野獸的房間跟保險箱的房間分別位於對角,所以野獸看不到貝兒從房間裏走出來。

「原來你也在四樓啊?」野獸**意外**道。

「對,我在到處看看。」貝兒強作鎮定,「找

76

我有什麼事呢?」

「沒什麼,只是想跟你**聊聊天**而已。」野獸抓抓後腦杓,「咦,你那兩個隨從呢,他們在哪裏?」

聽到野獸這樣問道,貝兒的心臟幾乎**停止跳動**。

「如果你有時間,可不可以帶我周圍逛逛?」她慌忙岔開話題。

野獸聞言緊張起來。

「這、這是**約會**嗎?」

「不……」貝兒説,但下一秒**改口**,「對,這是約會!」

跟野獸約會的話,就可以順理成章的把他支開了!

貝兒握住他的手：「逛完我們一起**野餐**吧！」

野獸慌忙地把手抽出來，扶住自己的眼鏡，頭殼像燒水般冒出**煙**來。

「好呀⋯⋯」

「他中計了。」貝兒想，然後把野獸推回他的房間，「既然這是約會，我們應該**打扮**一下。一小時後在客廳集合。」

「一小時那麼久？」

「已經不算久了，女孩子打扮是很花時間的。」

貝兒完成了她的任務，而且做得很好。

「烏龜的心長得像什麼？答案是**箭**，因為歸（**龜**）心似箭！」房間內，小紅帽對女神浮雕說。

「這個笑話不行吧？」翰修說。

「你**過關**了。」不料女神浮雕說。

「不會吧？」翰修驚訝道。

「騙你們而已。我也是會說笑的。」女神浮雕說。

翰修氣得，很想教訓它一頓。

「怎樣才能令它發笑？」他努力想。

腦海冒出歌麗德的**身影**。

「哥哥，跟你說個笑話……」歌麗德笑道。

翰修想起妹妹說過的一個 笑話 ，轉述了出來。

「有個人跑去圖書館，對職員説：『我要一個漢堡包。』對方自然説：『先生，這裏是圖書館。』結果那個人壓低聲線：『不好意思，我要一個漢堡包。』」

女神浮雕「噗」的一聲，大笑出來。

「你過關了。這次沒有騙你們。」

翰修成功引女神浮雕發笑，保險箱門隨之打開。

「這個笑話有很好笑嗎？」小紅帽嘟嘴道。

「歌麗德的笑點一向都很特別。」翰修感觸道。

只見保險箱裏站了一個身影——歌麗德的身影。

「歌麗德！」翰修衝過去。

歌麗德在翰修快摸到她時突然分裂，化為數百條**細絲**！

原來這並不是真人，保險箱內的是他們之前遇到過的**變形蘑菇**🍄，碰巧長在保險箱裏而已。

變形蘑菇不但可以模仿其他生物的外形，還可以發出對方的聲音。這個能力讓它們能夠捕捉**獵物**，吸收營養！

7. 背叛

　　貝兒跟野獸走出大宅，在花園閒逛。

　　貝兒穿了一套淡藍色的長裙，美麗動人；野獸則穿了一套暗紅色的西裝套裝，戴了一副黑色粗框眼鏡，裝扮也不俗。

　　野獸的服裝、眼鏡是貝兒挑選的，他原本的打扮超級**老土**呢。

　　花園種了多款美麗的植物，野獸細心地一一

向貝兒介紹。

一談到他感興趣的話題，他就**口若懸河**，不再是呆瓜。然後又聊到下棋⋯⋯

「你知道嗎，**鬥獸棋**有各種不同的規則，有的讓獅子跳兩條河，有的只讓獅子跳一條河⋯⋯」他喋喋不休道。

貝兒覺得有**熱情**是好事，但這樣只顧自己說話，不是太好。

「我明白你對下棋很感興趣，但也要讓約會對象說一下話呀。」她教導野獸。

「不好意思，我一時忘了形。」野獸抓抓頭，「你平時愛聽什麼**音樂♪**呢，貝兒小姐？」

「自然是音樂劇的音樂了。」貝兒說，一面跳舞一面唱歌：「從前有個小女孩，心裏有個小**願**

望：那就是表演給人看……」

貝兒的裙襬隨着她的轉動揚起來，活像盛放的**牽牛花**。

林中的雀鳥受到歌聲的感召，繞着她 *飛*。

要是翰修、傑黑、小紅帽在場，肯定會受不了。

「又來了。」他們大概會這樣説。

但野獸跟他們不一樣，看得津津有味，還打起 ♪拍子♪ 來。

不久貝兒表演完畢。她略提裙襬，鞠一下躬。

「這是我第一次可以完成整個表演，以前總是有人打斷我呢。」她笑道。

柔和的 **陽光** 籠罩兩人，氣氛十分舒服。

「或者我跟野獸可以成為**好朋友**。」貝兒心裏竟然冒起這種想法。

四樓房間裏。

變形蘑菇在翰修快要碰到它的瞬間分裂成一條條**細絲**，翰修趕緊停下腳步。

「受房子守則限制，它不能攻擊我們。」

但變形蘑菇不是要直接**攻擊**他或者小紅帽。

只見每條細絲的頂端長出了一顆**孢子囊**，慢慢發脹。這些孢子囊包含大量孢子，可以看成是種子。

變形蘑菇是要把這些孢子撒在他們身上，讓後代**寄生**在他們身上，把他們當成食物！而這個行為則不受房子守則規限！

「*不好了！*」翰修洞悉它的企圖，叫小紅帽快走，並轉身走開。

只是翰修跟變形蘑菇靠得太近了，即使屋子容許奔跑，他也逃不出孢子的噴射範圍。

「怎麼辦？」小紅帽不知如何是好。

「別管我，**快跑！**」翰修對她說。

小紅帽有足夠的時間逃命，但她不會撇下伴。

她看見規則牌掉了在地上，便把牌子撿起來。

她雙眼死命的盯着上面的規則：

7. 背叛

訪客（包括屋主）須遵守以下規則：

一/ 不可奔跑。

二/ 不可隨便開啟窗子、房門。

三/ 不可隨便接觸其他訪客。

四/ 可以任意享用屋內食物。

五/ 屋內物品、設備可以任意使用、控制。

六/ 必須愛惜屋內用品、設備。

七/ 不可隨便離開房子。

野獸把他們改動的部分還原了。

「只有利用這些**規則**，才能把翰修救回來！」小紅帽心裏道。

翰修低頭猛走，一面思考有什麼對策。

「我要保住 性命 ，跟歌麗德見面。」

　　回頭望望變形蘑菇，數百顆孢子囊脹到極限，即將**爆開**！

　　「完蛋了。」翰修禁不住道，瞧見小紅帽仍在房裏，「你怎麼還沒有走？」

　　話音一落，所有孢子囊同時爆開，成千上萬的**孢子**噴到空中！

　　這些孢子沒有生命，但在碰到**食物**後會蘇醒。

　　當孢子接觸到翰修、小紅帽，它們會**同化**成他們的身體一部分，長出根部，汲取養分。而由於孢子會變成他們的**一部分**，所以不受「不可隨便接觸其他訪客」這項規則限制。

　　一大叢的孢子像**下雨**般撒下來，翰修下意識的抬起手，抱住頭部。

90

「咦？」他愕然道。

奇怪的是，孢子在碰到他後沒有扎根，通通掉到**地上**。

「為什麼？」

「嘿嘿！」小紅帽神氣的笑了笑，豎起規則牌，「因為我**改動**了房子守則！」

看看牌子，有三條規則改變了，分別是「**不可任意享用屋內訪客**」、「**不可**隨便接觸其他**食物**」和「**可以**隨便開啟窗子、房門」。

因為「不可任意享用屋內訪客」，所以孢子不能把翰修、小紅帽當**大餐**！

「我很聰明吧。」小紅帽自豪道。說完就踩到掉了滿地的孢子，跌了個**四腳朝天**。

翰修苦笑了一下。

「這次全靠有你，我才可以**活命**。」他感激道，與小紅帽逃出房間。

「真可惜，我們找到的是**假**的歌麗德。」小紅帽說。

「這件事也不是沒有意義。變形蘑菇能變成歌麗德的模樣，只有一個可能：那就是它曾經見過她。」翰修握握**拳頭**，「即是歌麗德確實在屋子裏。」

野獸踏入廚房，提起一籃**蘋果**。

他跟貝兒正在花園野餐。貝兒說想吃蘋果，所以他特意跑過來拿。

野獸感覺自己跟貝兒**親近**了很多，心情大好。從來沒有人對他這麼好，他覺得可以信任貝

兒，對她打開**心窗**，不再封閉自己。

野獸想拿一個蘋果來吃，可是卻沒有法子觸摸到蘋果。

野獸想了一下，檢視身上的**規則紙**。

有三條規則給人改了，分別是「**不可**隨便接觸其他**食物**」、「**不可**任意享用屋內**訪客**」和「**可以**隨便開啟窗子、房門」。

「……」

感到奇怪的野獸走去客廳門口，查看掛在門邊的規則牌。

牌子**不在**那裏。

其實他在進屋後理應一早看到牌子不見了，但他一直處於**飄飄然**的狀態，以致沒有注意。

野獸的手鬆開，令整籃蘋果掉在地上。

他的臉色變得極差。

「貝兒小姐有什麼事情在瞞着我……」

他感到被她 背叛 了。

8. 友誼決裂

　　第二天，野獸在替貝兒開門後跑回睡房，躲在裏面。

　　「野獸先生，昨天你不是說要教我下國際象棋嗎？」貝兒叩門問。

　　「不好意思，今天我不太舒服。」野獸答道。

　　貝兒本來想像昨天那樣牽制野獸，看來沒有必要了。

她走到客廳，跟翰修、傑黑、小紅帽説野獸**生病**了。

「那他今天應該會乖乖的待在房間，很好。」翰修説。

「不曉得他病得重不重？」貝兒説。

「他塊頭這麼**大**，不會有事啦。」小紅帽説。

傑黑昨天經過一番**拼搏**，抓住了他想要的書。他把書綑了起來，掛在背包上。

「**女巫嘉莉**的故事？」貝兒讀出書名。

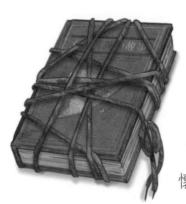

「有個很有名的女巫叫嘉莉，這本書記述了她的事迹。」傑黑説，給他綑住的《女巫嘉莉的故事》動個不停，「我懷疑**人狼症**是她製造出來的。」

8. 友誼決裂

嘉莉是著名的壞女巫，做過不少 壞事 。她的專長是製造 **疾病**，因此傑黑懷疑人狼症跟她有關。

「我想可以在書上找到根治人狼症的方法。」傑黑説，和小紅帽對望。

小紅帽的婆婆也患了人狼症，需要治療。

「我很替你們高興。」翰修説。他相信他也快找到妹妹。

翰修、傑黑、小紅帽分別為了找妹妹、治病而展開旅程，這趟 **冒險之旅** 看來快要結束了。

「我們上樓吧。」翰修説。

四人登上四樓，進行搜索。

過了一天，野獸仍然把自己關起來。

貝兒覺得有點不對勁，翰修也有同感。

晚上九時，貝兒、傑黑、小紅帽準備**睡覺**。

「貝兒小姐，你睡了嗎？」不料野獸來到了房外。

傑黑、小紅帽看看對方。

「他跑過來幹嘛？」他們想。

「我還沒有睡覺。」貝兒走向門口，「**有什麼事嗎？**」

「我只是想問你一個問題。」野獸說，頓了一頓，「你願意做我的**妻子**嗎？」

貝兒不曉得怎樣回答他。她認為他的人不錯，可以當朋友，但結婚就**另當別論**了。

「不行。」她最終答道。

「我明白了，晚安。」野獸說。

「晚安。」貝兒說。

但野獸在她開口道晚安之前就 **走** 了。

因為野獸的表現太奇怪，隔天傑黑、小紅帽、貝兒到前廳等待翰修，把事情告訴他。

翰修一推開門，他們就 **湧** 到他的面前。

「野獸好奇怪……」「你知道嗎……」「野獸昨晚……」

「我聽不到你們說什麼……」翰修 **舉** 起雙手，「你們一個一個來。」

聽完他們的陳述，翰修「唔」了一聲。

「我猜野獸 發現 了我們的行動。」

「什麼？」傑黑、小紅帽、貝兒驚訝道。

「他的手上有規則紙，遲早都會發現這件事。」翰修說。

童話旅人團 6
美女與宅男

「這個人**是誰**？」

冷不防，野獸突然在客廳出現，指着翰修！

「你果然在做**見不得光**的事，貝兒小姐。」
野獸説。

野獸所以會那麼異常，是因為他注意到他們
的*行動*。今天他終於按捺不住，要看看他們到
底在做什麼。

100

8. 友誼決裂

「麻煩了。」站在門口的翰修說，轉身跑掉。

「你怎麼跑了？」貝兒想不到他會落跑，瞪大了 **眼睛**。

「你們是在偷東西吧？」野獸問貝兒，「那天你跟我約會，是為了**偷**東西嗎？」

「我——」她回答不了野獸。因為他沒有說錯，他們的確在**偷竊**。

「我應該一早跟野獸坦白，說我們想找個**人**。」她後悔的想。

野獸並不知道，他其中一件**收藏品**其實是人。假如老實跟他說，他應該會准許他們找歌麗德的。

傑黑盯着客廳門邊的規則牌。事情演變到這個地步，只有搶奪規則牌，跟野獸**對抗**。

101

他低聲的對小紅帽說：「把我抬起來，丟去規則牌那裏。」

由於屋裏不能**奔跑**，這已是最快的方法可以搶下牌子。

「我就知道你們想拿規則牌，**鼠竊狗偷**。」野獸對他們說，目光變得銳利起來，「我要把你們這些罪犯通通關起來！」

看到野獸付出感情卻因此**受傷**，貝兒感到抱歉又難過。

野獸迅速的修改房子守則，改成「不可隨便**接觸**房子」、「不可隨便**離開**其他訪客」。

他可以叫規則牌**飛**到他的手上，但傑黑也可以做同樣的事。這樣做只會沒完沒了。

看來雙方要展開**對決**是在所難免！

　　傑黑發覺自己雙腳離地，飄浮了起來。其他人，包括野獸，也跟他一樣，浮在空中。

　　接着眾人像磁鐵般互相吸引，吸在一塊！

　　因為野獸更改了房子守則，他們「不可隨便接觸房子」、「不可隨便離開其他訪客」！

　　四人背對着背，黏成一個人圈，懸浮在客廳裏。從傑黑開始，順時針數起分別是小紅帽、野獸、貝兒。

　　「這樣你們就碰不到規則牌了。」野獸説。

　　「沒錯。」傑黑望向他，「但也令我們接近了

你的規則紙。小紅帽，搶走規則紙！」

「明白！」靠近野獸的小紅帽説，並立刻伸手搶紙。

「**別做夢！**」野獸説，雙手抱緊規則紙。

「你以為這樣就能阻止我嗎？」小紅帽翹嘴**奸笑**，搔他的腋下。

「我忍！」野獸咬着下唇，強忍痕癢，死不放手。

「野獸先生，請你聽我解釋，事情不是你想的那樣。」貝兒想了好久，啟齒道。她希望把事情說清楚。

只是野獸已對她失去**信任**。

「我不要聽你解釋，啦啦啦啦！」他用**歌聲**♪掩蓋她的聲音。

唱到一半，野獸受不了小紅帽搔他，「噗」的一聲笑出來。

「哇哈哈！」

情況變得極度荒謬：小紅帽不住的搔野獸腋下，貝兒不住的對他説話，而野獸則不理睬她們，又唱歌又發笑。

他們組成的人圈在客廳裏浮浮沉沉，飄來飄去。

「或者我可以游去門口拿規則牌。」傑黑想，在空中劃動起手腳來。

不過移動的方向和他想的相反。

整個情景真的很荒謬……

野獸感到情況有點不利，於是再次改變房子守則。

他首先把所有規則**還原**，再造出三條規則——「訪客必須開啟窗子、房門」、「不可愛惜屋內用品、設備」、「不可隨便接觸其他隨便」。

所有人立即不再飄浮，**摔**在地上。然後樓上多道房門打開來，包括食人花等生物全部自行打開房門，跑出房外！

而「不可隨便接觸其他隨便」是不通的句子，沒有任何**作用**。

野獸因為太氣貝兒，所以釋放了他蒐集的各種**生物**，打算以此收拾他們。

「小紅帽，你繼續搶規則紙！」傑黑爬起身，自己則走去拿規則牌。

野獸只有**一個人**，不可能同時應付他們兩

107

個人。

誰想到貝兒 **跳** 了出來，阻擋傑黑。

「大家都冷靜下來，心平氣和的傾談好嗎？」

「野獸是 **怪物**，不會跟你講道理。」傑黑說。

說話之間，樓梯傳來凌亂的 **腳步聲**。傑黑、小紅帽、貝兒自然而然望向聲音的方向。

赫然看見食人花等生物跑了下來！

「怎麼一回事？」小紅帽說。

「這大概是野獸 **更改規則** 弄出來的。」傑黑說。

食人花張開花瓣，花蕊流下黏糊糊的 **花蜜**。

隨後一眾生物湧進客廳，對各人展開攻擊！

9. 與食人花狹路相逢

一隻 **鷹頭獅身**、長有翅膀的生物跳到傑黑、小紅帽、貝兒的跟前，一個爪子拍下來，想襲擊二人，他們慌忙躍開！

小紅帽抽出巨錘，還以顏色，不過鷹頭獅展開翅膀，飛了起來，躲開**錘子**。

傑黑、貝兒走到遠處，替小紅帽**打氣**。

「我行動上幫不了你，只有精神上支持你。」

傑黑對她說。

小紅帽手持鐵錘，與空中的**鷹頭獅**奮戰。

期間錘子反射了窗外的光線，在天花板反映出一個**光點**。

鷹頭獅一看到光點就**發狂**，連戰鬥也不顧，飛去追它。

「牠只是大一點的　　貓　呢。」小紅帽垂下鐵錘，讓光點照在地面上，把鷹頭獅引過去，再**揮拳**打暈牠。

傑黑對她比**大拇指**。

「厲害！」

但小紅帽卻對他露出奇怪的神情。

「怎麼了？」傑黑説。

「小心！」貝兒大喊道，把傑黑扯開。

原來食人花不知何時溜到了傑黑後面！剛剛它跟別的生物打了起來，現在才過來。

「走得快，好世界。」傑黑説完，便和貝兒拚命逃跑。

食人花記得他們欺負過它，拔「**根**」追趕傑黑等人。

野獸離開客廳，退到樓梯位等待。

「等你們打到**元氣大傷**，我再一網成擒。」他心裏盤算。

野獸的形勢看來很好，然而他卻高興不起來。

「事情真的要弄到這個田地嗎？是不是可以聽聽貝兒小姐的解釋？」他甩一甩頭，「不，野獸，你不能**心軟**。」

一想到那個不曾見過的男孩（翰修），野獸便冒出一個想法：「他是這件事的**主腦**嗎？這個人有夠無恥的，居然拋棄同伴。」

野獸以為翰修是膽小、自私的人，但他搞錯了。

翰修並沒有捨**同伴**而去。此刻他正藏身在

大宅外面，設法作出**反擊**！

　　翰修躲在一棵樹後面，窺看大宅裏的情況。

　　「怎樣才能拿到規則牌呢？」

　　野獸體格**強壯**，手上又有規則紙，基本上無可匹敵。

　　不過也不是不能擊倒野獸。要是能令他用不了規則紙，他們就有機會反擊。

　　「只要得到 **規則牌** ，組出『屋內物品、設備不可任意使用、控制』這條規例，他就不能用規則紙了。」翰修想。

　　規則紙屬於屋內用品，因此不能使用。

　　翰修早就想到這個**策略**來對付野獸，不過他希望盡量不跟他起衝突，所以遲遲沒有採用。

拿到規則牌還有個 好處 ，就是他可以利用房子守則，制服野獸。

即使規則表示「屋內用品、設備不可任意使用、控制」，他也可以使用規則牌——因為他身在大宅外，不受房子守則規範。這是守則的 漏洞 。

總之只要取得規則牌，就可以打倒野獸！

翰修 思索 了一下，撿起幾根樹枝，撕掉自己的袖子，做出簡陋的 釣魚竿 。

之後他爬到前廳一個窗口，推開窗子。

他要用釣魚竿把規則牌 釣 出來！

客廳內，傑黑、貝兒給食人花追得**滿頭大汗**。雖然在屋子內不能跑動，但過程十分驚險，他們有好幾次差點給食人花抓住！

小紅帽則忙着應付其他**生物**，因此救不了他們。

「再這樣下去，我們會給食人花抓住。」傑黑看着緊隨着他們的食人花，擔心的想。

彷徨之際，身後響起一聲**馬嘶聲**。貝兒的白馬看見主人有危險，便立即大步走了過來，讓她**騎**上去！

「**有救了！**」傑黑大喜道。

「謝謝你。」貝兒向白馬道謝，跨上**馬背**。

白馬高興的叫了一聲，表示「這是我的榮幸」，便邁步前進。牠的腿十分修長，只跨幾步就

拋離了食人花。

「**等等**，我還沒有上馬啊！」傑黑怔了一怔，叫喊道。

經過一番折騰，兩個人終於都騎到馬上。白馬看來不是很願意讓傑黑坐上來，**抱怨**了幾聲。

「真是不好意思。只要解決了食人花，我就會下去。」傑黑説着，脱下了**背包**。

傑黑的背包塞了幾朵他之前採集的變形蘑菇。

「輪到我反擊了，**看招！**」他把蘑菇拋向身後的食人花。

食人花想也不想便把蘑菇吃掉。

「你的招數好像沒有用，對它來説，那蘑菇只是好吃的**飼料**而已⋯⋯」貝兒説。

「你等着看。」但傑黑説。

果然，過了不久，食人花停止了活動。

之後它的身體長出了一朵又一朵的變形蘑菇！原來變形蘑菇在食人花身上**繁殖**起來！

「看吧。」傑黑托托眼鏡，從馬上跳下來。

他們藉着合作，解決了最大的敵人——食人花！

翰修站在窗外，扔了二三十遍釣魚竿。但魚鈎沒有一次碰到規則牌。

「釣魚好難。」翰修嫌惡道，隨後又扔出釣魚竿，魚鈎不知怎的勾住了他的褲子。

「釣魚真的好難。」

那邊廂，野獸坐在梯級上，聽到「呠」的一聲。

聲音是從前廳傳過來！

野獸望向前廳，赫然看見翰修站在窗外，揮動釣魚竿！剛才的聲響原來是他打翻擺設弄出來的。

118

「不好了，他想搶規則牌！」野獸急忙跑去前廳，守住規則牌。

途中不得不經過客廳。一團綠色的**鬼口水**擋住了他的路，他立刻吸一口氣，捏着鼻子，直接穿過它；之後他跳起來，抓住掛在吊燈上的**大蚯蚓**，飛越過地板上的一個窟窿。窟窿是小紅帽用錘子敲出來的；此時，幾隻**穿山甲**捲成球體，在地上滾動。野獸終於受到阻撓，不小心踩到牠們而滑倒。

「可惡！」

這一下跌倒聲引起了翰修的注意。

「糟了，野獸發現了我！」翰修急急舉起釣魚竿，擲出**魚鈎**。「必須在野獸趕來之前，把規則牌釣出來！」

魚鈎朝着規則牌 *疾飛*，可惜在快勾到牌子時跌下來。

「差一點。」翰修惋惜地道。他再接再厲，繼續投擲魚鈎。

這次更接近目標，但還是不行。

瞄瞄野獸，他正在 **爬** 起來。

翰修吸一口氣，再擲一次魚鈎。

這次終於勾住了規則牌！

他馬上把魚鈎收回來。鈎子勾着牌子，在地板 滑行。

野獸大吃一驚，三步併作兩步，進入前廳。

翰修見狀加快回收的速度。不幸的是，規則牌卡到地板一個凹坑，令魚鈎 *脫落* 了！

「老天爺也幫助我！」野獸說。但他也因為太

心急的關係，再**跌一跤**！

「還有機會！」翰修丟出魚鉤，把規則牌重新勾起來，拉出窗外。

野獸馬上伸出**一隻手**去抓規則牌。

可惜翰修終究快一步，成功將牌子拉出屋外！

翰修隔着窗子，和野獸**對望**。野獸在第二次跌倒時掉了**眼鏡**，因而耽誤了搶規則牌。

這場規則牌的**爭奪戰**由翰修勝出。

「野獸因為失了方寸，才會輸給我。」翰修一邊想，一邊調動牌子上的**字句**，「他忘了可以叫牌子飛到他那裏。如果他這樣做，我早就輸了。」

10. 調查嘉莉 前往糖果屋

翰修先讓房子守則還原，再組出「**訪客必須離開房子**」這項規則。

於是傑黑、小紅帽、貝兒、野獸、連着變形蘑菇的食人花等生物通通 走 出 大宅。

「如果歌麗德在屋子裏，她也會走出來。」翰修想。

傑黑、小紅帽在野獸出來時合力把他 **抓住**，

綑綁起來。

「隨便你們，你們想做什麼就做什麼……」他**無精打采**道。被信任的人背叛了，令他感到什麼都沒有所謂。

貝兒十分**內疚**。

最終發現，歌麗德不在大宅裏。翰修還原了守則，進入房子，把沒調查過的房間都看一遍，也沒有**線索**。

「她大概在我們來到以前就**逃走**了。」他心裏想。

翰修沒有猜錯，歌麗德的確走了。

「你有沒有見過一個叫歌麗德的女孩子？」翰修問野獸。

「我沒有⋯⋯」野獸有聲沒氣地回答。

各種生物因為呼吸到**自由的空氣**，不再那麼暴戾，變得溫和許多。

「你們自由了，以後你們想去哪裏就去哪裏。」小紅帽對牠們説。

牠們卻**聚集**在大宅外，更圍在野獸身旁，

沒有離去的意思。

「這棟房子的魔法十分**危險**，還是破壞掉比較好。」翰修說罷，把規則紙和規則牌都燒掉。

大宅隨之變回普通的建築，不再由房子守則主宰。野獸則**頹喪**地坐在一旁，沒有任何反應。

「我想你可以回家，跟爸爸**團聚**了。看野獸的樣子，他不會再騷擾你們了。」傑黑對貝兒說。

「……」

小紅帽替野獸**鬆綁**，放他回去大宅裏。他一句話也沒有說，把門關起來。

「接下來我們去哪裏？」小紅帽問翰修。

「**糖果屋**。」他答道，「直覺告訴我，那裏有尋找歌麗德的線索。」

「途中還可以調查女巫嘉莉的事。」傑黑説

三人陪伴貝兒，返回她的家。

路上貝兒沒有説話。

她抬頭看到一隻 **鳥** 掠過，想起了野獸跟小

灰⋯⋯

「今早我發現小灰從樹上掉了下來，於是把牠救起來。」野獸說。因為雛鳥的毛色是灰色，他叫牠「小灰」。

「既然牠的家人不要牠，那就由我來照顧牠。」

「我要回去看看野獸先生，我有點擔心他。」貝兒說。

翰修、傑黑、小紅帽不理解她這個行為。

「你幹嘛回去？」傑黑說。

「野獸可是怪物啊。」小紅帽說。

「他可能有一些缺點，但他不是怪物。」貝兒斬釘截鐵道，「看他照顧的生物，都不願意離開他，就知道他是好人，對牠們很好。」

貝兒說罷，傑黑、小紅帽想起同一件事：那

時在客廳裏，**沒有**一隻生物襲擊野獸。

三人跟貝兒掉頭，折返大宅。

房子裏的窗簾都拉上了，一片漆黑。野獸坐在前廳，背對大門，他什麼都不想做，他的心跟房子一樣**封閉**了……

大門忽然打開，令野獸曝露在**陽光**中。

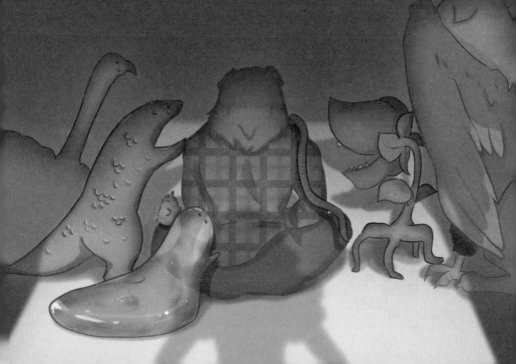

「對不起，野獸先生，我做了**傷害**你的事。」貝兒說。

野獸站起來，緩緩回頭。

「你走了又回來，還向我道歉⋯⋯」他不敢置信道，「所以⋯⋯所以你願意跟我💍**結婚**嗎？」

「怎麼可能？我們才認識了幾天而已。」貝兒苦笑道，「但你是我的**朋友**，我怎能拋下朋友不顧？」

「我⋯⋯」野獸指指自己，又指指貝兒，「和你是朋友？」

剛說完，他全身被✦白色的閃粉✦團團圍住！

「我其實是一個**王子**，叫比斯。」野獸說出他的身分。

他因為得罪了一個女巫，給她詛咒了，所以變成野獸。

本來就不愛跟人打交道的他因此變得更孤僻，於是搬到這裏來，躲避所有人。

只有跟人建立真摯的感情，才能化解這個詛咒。

「你的話讓我破解了詛咒，貝兒小姐。」比斯王子説。

只是他的外表跟之前沒有太大差別，仍然是毛茸茸的。貝兒滑了一跤。

「你看上去根本沒變化啊！」傑黑説。

「因為我沒有剪頭髮、刮鬍子啦。」比斯王子説完，便跑去整理儀容。

他不一會走回來，剪短了頭髮，刮掉了鬍

子。

「挺像樣嘛。」小紅帽

說。

改頭換面的他看起來

風度翩翩，充滿了王子

風範。

「貝兒小姐，那你

願意做我的*女朋友*嗎？」

比斯王子問。

「我們先做**朋友**看看吧。」貝兒始終沒有答應他。

事情有個很不錯的結局。

「你是不是在調查**女巫嘉莉**的事？」比斯王子指指傑黑背包上的《女巫嘉莉的故事》，問道，「我還有很多關於她的書，可以送給你。」

「真的嗎？謝謝你。」傑黑連忙道謝，「為什麼你有那麼多她的書？」

「因為把我變做**野獸**的就是她。」

原來比斯王子跟傑黑一樣，都是受女巫嘉莉的**魔法**所害！

「另外剛剛我説沒有見過你説的那個女孩，其實是 謊話 。」比斯王子對翰修説。

「什麼？」翰修睜大了眼睛。

歌麗德在逃出大宅後，其實碰到了比斯王子。

「你是誰？怎麼會從我的房子裏走出來？」比斯王子問。

歌麗德沒有回答他這個問題，卻說：

「我想之後會有人來找我。假如有這樣的人，叫他去那個地方⋯⋯」

「什麼地方？」翰修抓着比斯王子的衣服，急不及待地問道。

「冷靜，我不就要說出來嗎？」比斯王子有點嚇倒，把他推開，「她叫你去糖果屋找她。」

翰修的直覺沒有錯，糖果屋果然與歌麗德有

關係。

　　因為歌麗德想回去糖果屋，才會跟翰修分

開，以致發生以後的事。

　　看來，旅人團又要展開他們**新一趟的旅程**。

真菌知識大比併

一樹　　：歡迎觀看《真菌知識大比併》！看看誰的知識最豐富！

翰修　　：真菌界有超過十萬種物種。

傑黑　　：酵母、黴菌、蘑菇都屬於真菌。

小紅帽：黏菌、水黴菌雖然都叫菌，但並不是真菌。

貝兒　　：真菌是其中一種分佈得最廣泛的生物。

翰修　　：真菌以前被歸類為植物界，但現在是獨立的界別。

一樹　　：歡迎觀看《真菌知識大比併》！歡迎觀看……

翰修　　：等一下，這是由變形蘑菇變出來的假一樹啦！

歌麗德的笑話

以下是其中一個歌麗德最喜歡的笑話。

醫科老師問學生：如果你失去一邊耳朵會怎樣？

學生答：我會聽不清楚。

老師問：那另一邊耳朵也失去呢？

學生答：我會看不清楚。

老師問：為什麼？

學生答：因為我戴眼鏡。

作　　　者	一樹	
責任編輯	周詩韻、朱寶儀	
繪圖及美術設計	雅仁	
封面設計	簡雋盈	
出　　　版	明窗出版社	
發　　　行	明報出版社有限公司	
	香港柴灣嘉業街 18 號	
	明報工業中心 A 座 15 樓	
電　　　話	2595 3215	
傳　　　真	2898 2646	
網　　　址	http://books.mingpao.com/	
電子郵箱	mpp@mingpao.com	
版　　　次	二〇二一年六月初版	
I S B N	978-988-8687-62-6	
承　　　印	美雅印刷製本有限公司	